AF612102

Chants Divers

POUR

les Salles d'Asile

ET

les Ecoles primaires.

lith Benderitter, r Ganterie 20 à Rouen

Chants Divers

POUR

les Salles d'Asile

ET

les Écoles primaires.

Lith. Benderitter, r. Ganterie, 20, à Rouen

1852

Emploi de la Journée.

(1)

Air : Plan, plan, plan, rataplan.

De cette journée,
Tirons bon profit.
Dieu nous l'a donnée
Qu'il en soit béni !
Plan, plan, &c.

Dès que la lumiere
Vient frapper nos yeux,
Que notre priere,
Monte vers les cieux
Plan, plan, &c.

Gardant la décence,
Vite habillons nous
Fi ! de l'indolence
C'est honteux pour tous
Plan, plan, &c.

Un enfant bien sage
Qui craint le Seigneur,
Se met à l'ouvrage
Tout rempli d'ardeur
Plan, plan, &c.

Soumis et docile,
Comme un nourrisson,
Il reste tranquille,
Pendant la leçon.
Plan &ª.

Jamais il ne cause
Et n'est babillard,
C'est bien triste chose,
Qu'un enfant bavard
Plan &ª.

Il aime son père,
Son frère et sa sœur,
Il chérit sa mère,
Du fond de son cœur
Plan &ª.

Toujours à sa place
Doux, obéissant,
Il n'est point vorace,
Menteur ni gourmand
Plan &ª.

Fuyant la dispute
Et les vilains mots,
Jamais il ne lutte
Contre ses rivaux Plan &ª.

Par sa gentillesse,
Du matin au soir,
Et sa politesse
Il se fait bien voir
Plan, &c.ª

Heureuse l'enfance,
Qui fait tout cela!
Pour sa récompense,
Dieu la bénira
Plan, &c.ª

En allant au Travail.

(2)

Air de Malbroug.

Mettons nous à l'ouvrage,
Travaillons, travaillons, du courage!
Mettons nous à l'ouvrage,
Dieu nous l'ordonne ainsi.

Dieu nous l'ordonne ainsi
Dieu nous l'ordonne ainsi

Oui, dès notre jeune âge,
Travaillons, Travaillons du courage!
Oui, dès notre jeune age,
Nous devons travailler

Nous devons travailler,
Nous devons travailler

Un enfant n'est pas sage,
Travaillons, travaillons, du courage!
Un enfant n'est pas sage
Quand il est paresseux

Quand il est paresseux,
Quand il est paresseux

Il profane l'image,
Travaillons, travaillons, du courage!
Il profane l'image,
En lui du Créateur

En lui du Créateur,
En lui du Créateur

A tout son entourage,
Travaillons, travaillons du courage!
A tout son entourage,
Il fait honte et pitié

Il fait honte et pitié,
Il fait honte et pitié

Mais Dieu reçoit l'hommage,
Travaillons, travaillons, du courage!
Mais Dieu reçoit l'hommage,
De l'enfant assidu

De l'enfant assidu,
De l'enfant assidu

Il bénit son ouvrage,
Travaillons, travaillons du courage!
Il bénit son ouvrage,
Du Ciel, il lui sourit

Du Ciel, il lui sourit,
Du Ciel, il lui sourit.

Et lui garde, en partage,
Travaillons, travaillons, du courage!
Et lui garde, en partage,
Les biens du Paradis

Ordre de la Classe.

(3)

Air : Tire, lire, lire.

Enfants, pendant cette classe,
Tire, lire, lire,
Toure, loure, loure
Enfants, pendant cette classe,
En ce jour

Que chacun garde sa place,
Tire, lire, lire,
Toure, loure, loure.
Que chacun garde sa place,
En ce jour

Que l'on se montre docile,
Tire, lire, lire,
Toure, loure, loure,
Que l'on se montre docile,
En ce jour

Le Travail vous est utile,
Tire, lire, lire.
Toure, loure, loure,
Le Travail vous est utile,
En ce jour.

Point de bruit, ni de tapage,
Tire, lire, lire,
Toure, loure, loure,
Point de bruit, ni de tapage,
En ce jour

Mais qu'on se montre bien sage,
Tire, lire, lire,
Toure, loure, loure,
Mais qu'on se montre bien sage,
En ce jour

Vous apprendrez la science,
Tire, lire, lire,
Toure, loure, loure,
Vous apprendrez la science,
En ce jour.

Et vous aurez récompense
Tire, lire, lire,
Toure, loure, loure,
Et vous aurez récompense
En ce jour.

L'Exercice du Gradin.

(4)

(En montant au Gradin.)

Air : Frère Jacques.

En bon ordre,
Sans désordre,
Et sans train,
Au Gradin,
Montons en cadence. (Bis)
Pan, Pan, Pan

(En retournant aux bancs)

Tout de suite,
A la suite,
Gravement,
A son banc,
Que chacun se rende (Bis)
Pan, Pan, Pan

La Récréation.

(5)

Air. C'est le vin, le vin

Allons tous
Amusons nous,
Notre besogne est faite !
Allons tous
Amusons nous
Est il rien de plus doux ?

Quand on a terminé sa tâche,
Quand on a bien rempli son temps,
Il faut prendre un peu de relâche,
Se récréer quelques instants,
Alors, en conscience,
On s'amuse et l'on rit,
Et de sa diligence,
On recueille le fruit. Allons &c.a

Le paresseux qui ne travaille
Que malgré lui, qu'à contre cœur
Qui ne fit jamais rien qui vaille
Peut il prétendre à ce bonheur ?
Vainement il aspire,
A se bien amuser !
Le plaisir qu'il désire
Ne fait que l'abuser Allons &c.a

Mais celui qui de sa journée,
A su, devant Dieu profiter,
Dont l'unique et seule pensée
Fut au travail de la donner
Celui là se repose
Avec contentement,
Pour lui c'est douce chose
Qu'un simple amusement
Allons &c.ª

Travaillons donc avec constance,
Si nous voulons nous rendre heureux
Rien de pire que l'indolence,
Pour rendre les gens soucieux
Ce n'est que par la peine
Qu'on arrive au plaisir,
Qui jamais ne se gêne,
Ne peut le ressentir
Allons &c.ª

Le petit Menteur.

(6)

Air Un Jour Pierrot

Un beau jour, un enfant mentit,
Il était encore tout petit

Refrain.

Un enfant menteur,
Ah! pour lui quel malheur!
Chacun dit de lui Non, il n'a pas de cœur
Ah! fi, de l'enfant menteur

Il était encor tout petit,
Savez vous ce qui s'ensuivit ?
Un enfant &a.

Savez vous ce qui s'ensuivit ?
Son ange gardien l'entendit
Un enfant &a

Son ange gardien l'entendit,
Et tout plein d'horreur il se dit
Un enfant &a.

Et tout plein d'horreur il se dit
Quittons là cet enfant maudit
Un enfant &a.

Quittons là cet enfant maudit
Et puis vers les Cieux il s'enfuit
Un enfant &c.a

Et puis vers les Cieux il s'enfuit
A l'Ange, alors, le bon Dieu dit.
Un enfant &c.a

A l'Ange alors, le bon Dieu dit.
L'enfant menteur on le punit
Un enfant &c.a

L'enfant menteur on le punit
Sur lui son bras s'appesantit
Un enfant &c.a

Sur lui son bras s'appesantit
Dès lors rien ne lui réussit
Un enfant &c.a

Dès lors rien ne lui réussit,
Près de tous il perdit crédit
Un enfant &c.a

Près de tous il perdit crédit
Seul, honteux, il se morfondit
Un enfant &c.a

Seul, honteux, il se morfondit,
Et puis, tristement, il finit
Un enfant &c.a

Et puis, tristement, il finit,
Et sur sa tombe, on écrivit

Un enfant menteur,
Ah! pour lui, quel malheur!
Chacun dit de lui, non, il n'a pas de cœur
Ah! fi, de l'enfant menteur

La petite Babillarde.

(7)

Air Voila de bon fromage au lait

Refrain.

Quelle fatigue et quel tourment,
Qu'une jeune fille,
Qui toujours babille!
Quelle fatigue et quel tourment!
Sans vacances, c'est un vrai parlement

Bavarde tout ainsi qu'une pie,
Bien jaser, c'est là toute sa vie
Quelle fatigue &c.a

Comme le moulin, alors qu'il vente,
A tout instant, sa langue est mouvante
Quelle &c.a

Gardez un seul instant le silence,
Pour elle, c'est rude pénitence
Quelle &c.a

Ses paroles arrivent en foule
C'est comme un robinet d'eau qui coule
Quelle &c.a

Parlant sur tout, et de toute chose,
Jamais on ne la voit bouche close
Quelle &c.a

Le tiers et quart, elle vous le déchire
Son métier, c'est de toujours médire
Quelle &c.a.

Elle se compromet elle meme,
Tant de jaser sa rage est extreme.
Quelle &c.a

Jeunes filles, veuillez bien m'en croire!
De vous taire, faites votre gloire
Quelle &c.a

C'est la vertu de la jeune fille,
Et c'est par là surtout qu'elle brille.
Quelle fatigue &c.a

L'Enfant paresseux.

(8)

Air Cadet Roussel

Refrain
Dites moi. quoi de mieux
Que de flétrir le paresseux (Bis)

Le Paresseux est un enfant, (Bis)
Qui de rien n'est jamais content (Bis)
S'il faut se donner quelque peine,
Ou bien éprouver de la gêne,
Dites moi &c.a

Lorsqu'il est couché dans son lit (Bis)
Longtemps après qu'il n'est plus nuit, (Bis)
Il commence chaque journée;
Par faire grasse matinée
Dites moi &c.a

Il sort de son lit nonchalemment (Bis)
Puis, il s'habille lentement (Bis)
S'il osait, il irait bien vite,
Reprendre place dans son gîte
Dites moi &c.ª

Lorsqu'il s'agit de travailler, (Bis)
Tout d'abord, on le voit bailler (Bis)
Rien ne l'occupe ni le touche,
A moins qu'il ne passe une mouche
Dites moi &c.ª

De ses livres voici le cas, (Bis)
Qu'il fait, Il ne les touche pas (Bis)
On dirait que leur couverture,
Est pour lui d'une peau trop dure
Dites moi &c.ª

Semblablement pour son cahier, (Bis)
Jamais sans se faire prier (Bis)
Il ne l'ouvre, ni le déploie
S'en passer c'est sa grande joie.
Dites moi &c.ª

Faut il apprendre une leçon? (Bis)
Il n'y met pas tant de façon. (Bis)
De se fatiguer, il n'a garde
C'est à peine s'il la regarde Dites moi &c.ª

Quand il sera devenu grand, (Bis)
Il sera toujours ignorant. (Bis)
De tous méprisé sur la terre,
Il croupira dans la misère
Dites moi &c.ª

Devant Dieu, quand il paraîtra, (Bis)
Le Juge suprême dira (Bis)
Cet enfant là fut bien peu sage,
Non ! le Ciel n'est pas son partage

Dites moi quoi de mieux
Que de flétrir le paresseux (Bis)

L'enfant gourmand.

(9)

Air On dit qu'à quinze ans

Refrain.

Un enfant gourmand,
Chacun le blame et le méprise,
Un enfant gourmand,
Tournera mal assurément

Aussitôt qu'il s'éveille,
Sans à peine bouger,
En se frottant l'oreille,
Il demande à manger
Un enfant &c.ª

Lourd et plein d'indolence,
Paresseux au complet,
L'objet auquel il pense,
Ce n'est que le buffet
Un enfant &c.ª

Pour qui l'observe à table,
Il est de mauvais ton,
Sale et désagréable
Comme un vilain glouton
Un enfant &c.ª

Tout ce qui se présente,
Il l'avale des yeux,
Tout à la fois le tente,
Et le rend envieux
Un enfant &c.ª

Il engloutit, dévore,
Les morceaux trop pressés,
Il en demande encor
Quand il a plus qu'assez. Un enfant &c.ª

Gare que la colique,
Ou l'indigestion
Ne viennent, et leur clique,
Le mettre à la raison
Un enfant &c.ª

Vainement à l'étude,
Vous voulez le pousser
Lui, sa sollicitude,
C'est de bien s'engraisser
Un enfant &c.ª

Aussi toute sa vie,
Il demeure ignorant.
Il est digne d'envie,
Un tel état vraiment
Un enfant &c.ª

Honte à la gourmandise!
C'est un vilain défaut.
Elle n'est pas de mise,
Chez les gens comme il faut.
Un enfant &c.ª

Elle est surtout horrible,
A l'Enfant bon chrétien,
Il sait qu'elle est nuisible,
Opposée à tout bien. Un enfant &c.ª

Veuillez donc bien m'en croire
Mes chers petits enfants,
Vous mettez votre gloire,
A n'être pas gourmands

Un enfant gourmand,
Chacun le blame et le méprise.
Un enfant gourmand,
Tourne mal assurément.

L'Enfant malpropre.

(10)

Air. Eh gai, gai, gai, mon officier

Refrain:

Ah fi! fi, fi, mille fois fi!
Fi de l'Enfant malpropre!
Ah fi! fi, fi, mille fois fi!
De tous qu'il soit honni!

S'il est pour le jeune âge,
Un vice détesté,
Qui lui porte dommage,
C'est la malpropreté.
Ah fi &c.ª.

A quoi donc est il propre,
D'esprit fut il pourvu,
L'Enfant sale et malpropre?
De tous il est mal vu
Ah fi! &c.a

Les personnes honnêtes,
Craignent de l'approcher,
C'est avec des pincettes,
Qu'il faudrait le toucher
Ah fi! &c.a

L'animal le plus sale,
Lui ferait la leçon.
C'est là qu'il se ravale,
Quelle confusion!
Ah fi! &c.a

D'être riches, sans doute,
A tous n'est pas donné,
Mais, à tous, que nous coûte
Au moins, la propreté?
Ah fi! &c.a

Laver mains et visage,
Décrasser ses cheveux,
En tout temps, à tout age,
Est ce donc si coûteux? Ah fi, &c.a

De tenir sans souillures,
Son linge et ses habits,
En toutes conjonctures,
N'est il donc pas permis ?
Ah fi, &c.ª

Car la chose est bien claire,
Quand le comprendrons nous ?
Un peu d'eau fait l'affaire,
Elle coule pour tous.
Ah fi ! &c.ª

Il est donc sans excuse,
L'Enfant sale et crasseux.
Tristement il s'abuse,
Il se rend malheureux
Ah fi ! &c.ª

Dans l'affreuse misère,
Bientot il croupira,
Et toujours sur la terre,
On le méprisera.
Ah fi ! &c.ª

L'Enfant boudeur.

(11)

Air. Au clair de la lune.

Qui donc s'intéresse
A l'Enfant boudeur,
Accoudé sans cesse,
Pensif et rêveur ?

Chœur.

Boude, boude, boude,
Tant qu'il te plaira,
Reste sur ton coude,
Nul ne te plaindra !

Ce qui l'indispose,
Jusques à ce point.
J'en cherche la cause,
Je ne la vois point.
Boude &c.ª

Grognon et maussade,
Pourquoi ce maintien ?
Est il donc malade,
Non, il n'en est rien.
Boude &c.ª

N'allez pas de grâce,
Vouloir le troubler
Il reste en sa place,
Morne et sans parler
Boude &c.a

Caresses, avances,
Ne font rien sur lui.
Ce sont des offenses,
Dont il est aigri
Boude &c.a

Ce qui l'environne,
Lui déplait en tout,
Il n'est plus personne,
Qui soit de son gout
Boude &c.a

Il n'est rien qu'il aime,
Rien qu'il ait à cœur,
Et jusqu'à lui même,
Se prend en horreur
Boude &c.a

Que faut il donc faire,
Pour ces enfans là ?
Rien, La seule affaire,
C'est d'en rester là Boude &c.a

Qu'il boude, à son aise,
Jusqu'à ce qu'enfin,
Au boudeur il plaise,
D'y mettre une fin.

Boude, boude, boude,
Tant qu'il te plaira,
Reste sur ton coude,
Nul ne te plaindra

L'Enfant querelleur.

(12)

Air du Juif errant

Je vais dire l'histoire,
D'un Enfant querelleur,
Tous vous pouvez m'en croire,
Elle est d'un bon auteur.
Le fait est bien constant,
Je m'en porte garant
Reprise
Le fait est bien constant,
Je m'en porte garant.

D'humeur sombre et sournoise,
Tous les jours un enfant,
S'en allait cherchant noise,
Querelle à tout venant
On en voit comme ça,
Du moins, par ci, par là
On en voit &c.ª

Un beau jour sur sa route,
Vint un autre gamin,
De le mettre en déroute,
Il s'avise soudain,
Et voilà nos morveux,
Se prenant aux cheveux
Et voilà &c.ª

Mais dans cette dispute,
Cet échange de coups,
C'est vainement qu'il lutte,
Notre homme eut le dessous,
Et par l'autre empêché,
Il eut un œil poché.
Et par &c.ª

Ainsi de sa disgrace
Il commença le cours
Voyez sa bonne grâce,
Il est borgne à toujours.

Mais attendez un peu,
Et vous verrez beau jeu.
Mais &c.

Dans une autre aventure,
Il fut aussi penaud.
Ce fut sa chevelure
Qui fit alors défaut.
S'il ne fut pas fêlé,
Son crane fut pelé
S'il &c.

Admirez donc la nuque
De notre enfant buvard,
Il porte une perruque
Comme fait un vieillard
Pour ses parents vraiment,
C'est grand contentement
Pour &c.

Vous me direz sans doute,
Enfin, est ce là tout ?
Non, en si belle route,
Vous n'etes pas au bout
Voici le complément
Pour notre garnement
Voici &c.

Un beau jour dans la rue,
Il voit un beau cheval,
Le voilà qui se rue,
Sur le noble animal.
De sa queue, à deux mains,
Il tire à lui les crins
De sa &c.a

Mais notre camarade
Fort mal s'en est trouvé
Voici qu'une ruade,
L'étend sur le pavé
De sa jambe les os
Sont brisés par morceaux
De sa &c.a

Voyez la conséquence,
De ses déportements,
Il fut dès son enfance,
L'épouvantail des gens,
Pelé, borgne, boiteux,
Quoi donc de plus hideux!
Pelé, &c.a

L'Enfant entêté.

(13)

Air Ah quel nez!

Refrain

L'entêté!
L'entêté!
C'est fort triste en vérité!
L'entêté!
L'entêté!
Quand donc sera t il dompté?

Je vais tracer trait pour trait,
De l'Entêté le portrait,
Le sujet est fort scabreux,
S'il s'y reconnait, tant mieux
L'entêté, &c.

Quand dans la tête il s'est mis,
Quelque chose, mes amis,
Vous feriez de vains efforts,
Pour lui remontrer ses torts
L'entêté &c.

De raisonner un instant,
Il n'a garde, assurément
D'un seul mot, il a tout dit
Je le veux! cela suffit L'Entêté &c.

On vient à bout d'un rocher,
A force de le frapper,
On met un colosse à bas,
L'Entêté ne cède pas
L'Entêté &c.a

Mais, du moins, son intérêt,
A céder le rend il prêt ?
Non ! plutot que d'obéir,
Il aime mieux tout souffrir
L'Entêté &c.a

A quoi donc le comparer ?
Je ne vois pour m'en tirer,
Rien autre qu'un chien galeux,
Grognard, maussade, et hargneux
L'Entêté &c.a

Chers enfants, croyez moi bien,
Un tel défaut ne vaut rien.
On hait, partout, l'Entêté,
De tous, il est détesté
L'Entêté &c.a

Le Lambin.

(14)

Air Ah quel nez!

Refrain.

Le Lambin!
Le Lambin!
En finira t il enfin?
Le Lambin!
Le Lambin!
En voila jusqu'à demain!

Voyez moi donc cet enfant,
En toute chose indolent.
S'il n'est pas un paresseux,
Il n'en vaut pas beaucoup mieux
Le Lambin &c.a

Faut il se mettre au travail?
Tout d'abord c'est un détail
De Délibérations,
Et puis de précautions!
Le Lambin &c.a

Ce n'est pas dans un instant
Qu'il se range sur son banc,
D'abord, il faut musarder,
Dans tous les sens, regarder Le Lambin, &c.a

Son livre, avant de l'ouvrir,
Et pour lire, s'en servir
Dans ses mains et dans ses doigts,
Il le retourne cent fois
Le Lambin &c.a

Regardez donc le papier,
Qui compose son cahier,
Par ses longs retardemens,
Les feuillets en restent blancs
Le Lambin &c.a

S'agit il de composer ?
Il ne sait pas se presser
Pouvant être le premier,
Il est toujours le dernier.
Le Lambin &c.a

C'est même jusqu'en mangeant,
Qu'il lambine incessamment.
Pendant qu'il déjeûnerait,
Quatre repas on ferait
Le Lambin &c.a

Ah fi donc, fi du Lambin !
Dans ses mains, rien ne prend fin
Il terminera ses jours,
En délibérant toujours. Le Lambin &c.a

Chants Mnémoniques (*)

(15)

Les Chants religieux N.os 1, 2, 3, 4, 5, 6 et 7, en s'en tenant aux Refrains et à la récitation des Prières

---

(*) Ces chants n'ayant d'autre but que d'aider par des assonances plus ou moins complètes à la mémoire des Enfants, on s'y est, moins encore que dans ceux qui précèdent, préoccupé de la perfection littéraire. Plus d'une fois, non seulement la rime, mais encore la mesure, ont dû être sacrifiées

Alphabet.

(16)

Air : J'ai du bon Tabac

A, b, c, d, e, ce sont là cinq lettres,
F, g, h, i, K, ce sont cinq de plus
L, m, n, o, suivies de p, q,
R, s et t, puis après vient u,
V, x, y, z, sans me compromettre,
Je dis c'est assez, que veut on de plus ?

Epellation.

(17)

Air. Quand papa Lapin.

(*) Sachons tous bien épeler,
C'est chose nécessaire,
Sachons tous bien épeler,
C'est le moyen de bien parler

Allons, allons,
Mettons nous a l'ouvrage,
Allons, allons,
Du zele et du courage
Sachons &a.

B A. ba B E be &a.

(*) ou toutes épeler

Numération.

(18)

Air J'ai du bon tabac

Un, deux, trois, quatr', cinq, six, sept, ensuite,
Et puis un fait neuf, et puis un fait dix
Un et puis zéro, cela fait bien dix,
Un et puis zéro, cela fait bien dix
Un deux &ca.

Onze, douze, treize, et puis vient quatorze
Quinze, seiz', dix sept, dix huit, dix neuf, vingt.
Deux et puis zéro, cela fait bien vingt
Deux et puis zéro, cela fait bien vingt
Onze, douze, &ca.

Vingt et un, vingt deux, vingt trois et vingt quatre;
Vingt cinq, vingt six, vingt sept, vingt huit, vingt neuf
Et puis trente, (trois avec zéro)
Et puis trente, (trois avec zéro)
Vingt, &ca.

Trente et un, trent' deux, trent' trois et trent'quatre
Trent' cinq, trent' six, trent' sept, trent' huit, trent'neuf
Quarante enfin, (quatre avec zéro)
Quarante enfin, (quatre avec zéro)
Trente et un &ca.

Quarante et un, Quarante deux, ensuite,
Vient quarante trois, Quarant' quatre aussi,
Quarante cinq et Quarante six,
Quarante sept et Quarant' huit
Quarant' neuf, enfin arrive Cinquante
Cinq et puis zéro, ça se pose ainsi.

Cinquante et un, (c'est toujours même histoire)
Cinquante deux, et puis cinquante trois,
Cinquante quatre, Cinquante cinq
Cinquante six, et Cinquant' sept.
Cinquant' huit cinquant' neuf, et vient soixante;
(Un six, un zéro, cela va tout droit)

Soixante et un, soixante deux, (l'affaire
Marche bien) Après vient soixante trois
Soixante quatre et Soixant' cinq,
Soixante six et soixant' sept,
Soixant' huit, soixante neuf, et l'on pose
Un sept, un zéro, ça fait soixante dix

Soixant' onze, Soixant' douze, et soixant' treize,
Soixant' quatorze, soixant' quinze, c'est bien
Soixante seize, et soixant' dix sept.
Soixant' dix huit, c'est presque complet
Puis soixant' dix neuf, quatre vingt, ensuite,
Un huit, un zéro, le calcul est fait

Quatre vingt un, quatre vingt deux, (courage)
Quatre vingt trois, quatre vingt quatre, aussi
Quatre vingt cinq, quatre vingt six
Quatre vingt sept, quatre vingt huit,
Quatre vingt neuf, Quatre vingt dix, je pose,
Un neuf un zéro, le chiffre est écrit

Quatre vingt onze, et puis quatre vingt douze,
Quatre vingt treize, (un neuf d'un trois suivi)
Quatre vingt quatorze arrive aussi
Puis quatre vingt quinze qui le suit
Ce n'est ici que moitié de dizaine,
Encore un couplet, tout sera fini

Quatre vingt seize, touche à la centaine,
Quatre vingt dix sept, Quatre vingt dix huit,
Puis après vient quatre vingt dix neuf
(Un, puis deux zéros, en forme d'un œuf,)
Cela fait bien cent, la chose est certaine,
Cela fait bien cent, le fait est constant

Géographie.

(19)

Air Au Clair de la Lune

Demande

Comment ce bas Monde,
Si bien composé,
Cette boule ronde,
Est il divisé ?

Réponse.

L'Europe et l'Afrique,
Puis l'Asie, aussi,
Enfin, l'Amérique,
Il s'agence ainsi

Demande.

Quelle est la partie,
De cet Univers,
Où vous prîtes vie,
Vous, Enfants divers ?

Réponse

C'est dans la plus belle,
L'Europe est son nom
Ainsi je l'appelle
N'ai je pas raison.

Demande.

Quelle est la patrie
Que vous aimez tous ?
Enfants, je vous prie,
Ah ! répondez nous !

Réponse.

On la nomme France,
O ! le beau pays !
Pays d'abondance,
N'est ce pas amis ?

Demande.

Quel est de la France
Le Département,
Où prit votre enfance
Son commencement ?

Réponse

(La) Seine Inférieure,
C'est là, maintenant,
Là que je demeure
Et j'en suis content.

Demande

En enfant habile,
Qui sait ses leçons,

Nommez moi la ville
Où, tous, nous vivons?

Réponse
Je vais vous le dire,
Et bien clairement,
Vous pouvez l'écrire,
Son nom est Rouen

Les Cinq Sens (1)

(20)

Air. J'ai du bon Tabac

Voir, toucher, sentir, gouter et entendre,
Comment le fait on? C'est par les cinq sens
Oui grand nombre de nos sentiments,
Nous arrivent par ces instruments.
Voir, toucher, sentir, goûter et entendre,
Comment le fait on? C'est par les cinq sens

On voit par les yeux, la chose est certaine,
Et chacun de nous en a reçu deux
Ce n'est pas trop que de ces deux yeux
Pour qui de voir, se sent curieux
On voit &a.

(1) Ces couplets se chantent avec pantomime

Nous avons aussi chacun deux oreilles,
C'est par ce moyen que nous entendons,
Par là nous arrivent tous les sons,
Et les beaux airs et les doux fredons
Nous avons &c.a

Par la main, surtout, nous touchons aux choses,
Et nous les tatons ainsi qu'il nous plaît
S'il nous arrive un bon soufflet.
De quelque main, c'est alors le fait
Par la &c.a

De votre voisin, voyez le visage,
Tout au beau milieu, vous trouvez un nez
Il en est de pointus, d'épatés,
Tous à sentir, ils sont destinés
De votre &c.a

Vous savez bien tous, a quoi sert la bouche,
Ne l'employez vous jamais qu'à parler ?
Non, c'est souvent aussi pour manger,
Et les divers aliments gouter
Vous savez &c.a

Mais tous ces cinq sens vous seraient funestes,
Si vous ne faisiez que d'en abuser
C'est donc à Dieu seul de vous tracer,
Les règles qu'il faut vous imposer Mais &c.a

Gardez donc les lois de la tempérance;
De les observer faites vous honneur.
Celle est pour vous la Loi du Seigneur
La mépriser, c'est un grand malheur!
Gardez &c.

Les Saisons.

(21)

Air de Cadet Roussel

Quel est le nombre des saisons? (Bis)

Au nombre de quatre elles sont (Bis)
Hiver, Eté, Printemps, Automne,
Et c'est le Bon Dieu qui les donne
Refrain
Eh mais! Eh mais, oui dà!
Je ne savais pas tout cela (bis)

Quel temps fait-il pendant l'hiver? (Bis)

Il fait un froid a tout geler (Bis)
Le pauvre est en grande souffrance,
Si l'on ne lui prête assistance.
Eh mais! &c.

Quel temps fait il dans le Printemps? (Bis)

Ah! c'est le plus joli des temps (Bis)
On y voit, partout, verts feuillages,
De belles fleurs, de beaux ombrages
Eh mais! &c^a.

Quel temps fait il pendant l'Été? (Bis)

Alors on récolte le blé (Bis)
Et l'on bénit la Providence,
Qui le donne avec abondance
Eh mais! &c^a.

Et quel temps en l'automne, enfin? (Bis)

C'est alors que l'on fait le vin (Bis)
Que tout mûrit dans la nature,
Enfants, pour votre nourriture

Eh mais! eh mais, oui dà!
Je ne savais pas tout cela (Bis)

Le Blé.

D'où vient le Blé.

(22)

Air : Dic mihi quid &c^a.

Refrain
Dieu seul a fait tout,
Son œuvre est partout.

Dites moi d'où vient le blé, (Bis)
D'un épi l'homme l'a tiré.
Dieu seul &c^a.

Dites moi d'où vient le blé, (Bis)
D'un épi l'homme l'a tiré,
L'Epi sur tige, était porté.
Dieu &c^a.

Dites moi d'où vient le blé, (Bis)
D'un épi l'homme l'a tiré,
L'Epi sur tige, était porté,
Le chaume de terre est poussé,
Dieu &c^a.

Dites moi d'où vient le blé, (Bis)
D'un épi l'homme l'a tiré.
L'Epi sur tige était porté.
Le Chaume de terre est poussé,

De là, tout droit, il est monté,
Dieu seul &c.ª

Dites moi d'où vient le blé, (Bis)
D'un Epi l'homme l'a tiré,
L'épi sur tige était porté,
Le chaume, de terre, est poussé,
Delà, tout droit, il est monté,
Auparavant avait germé,
Dieu &c.ª

Dites moi d'où vient le blé, (Bis)
D'un Epi l'homme l'a tiré,
L'Epi sur tige était porté,
Le chaume, de terre, est poussé,
Delà, tout droit, il est monté,
Auparavant avait germé,
Avant, en terre, était caché,
Dieu &c.ª

Dites moi d'où vient le blé (Bis)
D'un épi l'homme l'a tiré,
L'Epi sur tige, était porté,
Le chaume, de terre est poussé,
De là, tout droit, il est monté,
Auparavant avait germé,
Avant, en terre, était caché,
C'était un autre grain de blé Dieu &c.ª

Dites moi d'où vient le blé, (Bis)
D'un épi, l'homme l'a tiré,
L'épi sur tige était porté,
Le chaume de terre est poussé,
De là, tout droit, il est monté,
Auparavant avait germé,
Avant en terre était caché,
C'était un autre grain de blé,
Qui d'un pareil grain fut tiré,
Dieu seul &a.

Dites moi d'où vient le blé (Bis)
D'un épi l'homme l'a tiré,
L'Epi sur tige était porté,
Le Chaume de terre est poussé,
De là, tout droit, il est monté,
Auparavant avait germé,
Avant, en terre, était caché,
C'était un autre grain de blé,
Qui d'un pareil grain fut tiré,
Un autre l'avait précédé.
Dieu seul &a.

Dites moi d'où vient le blé (Bis)
D'un épi l'homme l'a tiré,
L'Epi sur tige était porté,
Le chaume de terre est poussé,
De là, tout droit, il est monté,

Auparavant avait germé,
Avant, en terre, était caché,
C'était un autre grain de blé,
Qui d'un pareil grain fut tiré,
Un autre l'avait précédé,
Mais le premier, Dieu l'a créé

Dieu seul a fait tout,
Son œuvre est partout

Le Blé.

Ce qu'on fait du Blé.

(23.)

(Même air et même disposition que le précédent.)

Refrain.

Dieu veille sur nous.
Il nous nourrit tous

Dites moi ce qu'on fait du Blé, (bis)
En Août il est récolté,
Dans des sacs, il est entassé,
Dans les greniers, il est rangé,
Puis au moulin il est porté,
En farine, il est transformé,

Au boulanger, il est livré,
Dans le pétrin, il est placé,
Puis par les mitrons enfourné,
Au four, il cuit, au mieux chauffé,
Et puis en pain, il est changé,
Avant tout, Dieu nous l'a donné.

Dieu veille sur nous,
Il nous nourrit tous.

Fin.

Errata.

Page 14 au lieu de. Le tiers et quart, lisez Tiers et quart.
Page 16 au lieu de il sort de son lit, lisez il sort du lit
Page 19 Un point d'exclamation après le mot vraiment !
Page 37. Au lieu de six, sept, ensuite lisez six, sept, huit ensuite.

Table des matières.

Rouen Imp Lith. & Aut. E. Benderitter, Rue Ganterie N° 20

www.ingramcontent.com/pod-product-compliance
Ingram Content Group UK Ltd.
Pitfield, Milton Keynes, MK11 3LW, UK
UKHW021133230726
13926UKWH00002B/763

9 782014 051865